Analyse de l'œuvre

Par Sarah Barnett-Benelli

L'Amant de Lady Chatterley

D. H. Lawrence

lePetitLittéraire.fr

Analyse de l'œuvre

Par Sarah Barnett-Benelli

L'Amant de Lady Chatterley

D. H. Lawrence

Rendez-vous sur lepetitlitteraire.fr et découvrez :

Plus de 1200 analyses
Claires et synthétiques
Téléchargeables en 30 secondes
À imprimer chez soi

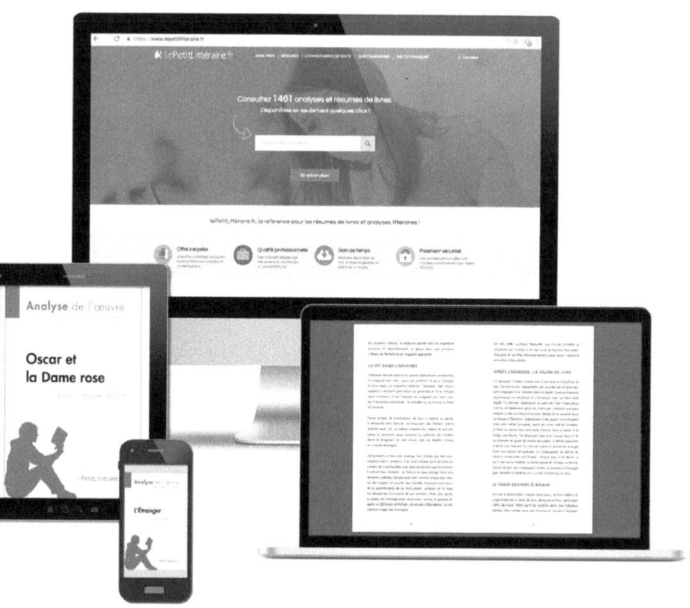

D. H. LAWRENCE

ROMANCIER, DRAMATURGE, POÈTE, ESSAYISTE, BIOGRAPHE ET ÉCRIVAIN DE VOYAGE ANGLAIS.

- **Né à Eastwood, Nottinghamshire, en 1885.**
- **Décédé à Vence, France en 1930.**
- **Travaux notables:**
  - *Sons and Lovers* (1913), roman
  - *L'arc-en-ciel* (1915), roman
  - *Les femmes amoureuses* (1920), roman.

D. H. Lawrence (de son vrai nom David Herbert Lawrence) a grandi dans un village de mineurs des Midlands anglais. Son père était mineur et sa mère avait été institutrice. Il est lui aussi devenu enseignant et a obtenu son diplôme d'enseignant au Nottingham University College en 1908. Lawrence écrit déjà des poèmes et des nouvelles et travaille à son premier roman, *Laetitia* (publié en 1911 sous le titre *The White Peacock*). En 1912, il se rend en Italie avec Frieda Von Richthofen Weekely (qu'il épousa en 1914), où il rédige la version finale du roman semi-autobiographique *Sons and Lovers*. *L'Arc-en-ciel* et *Les Femmes amoureuses*, souvent considérés comme ses chefs-d'œuvre, sont issus d'un long roman, *Les Sœurs*. *L'Arc-en-ciel* a été publié à Londres en septembre 1915, mais il a ensuite été supprimé et interdit car jugé obscène. Une édition expurgée a été publiée aux États-Unis en novembre de la même année. Lawrence n'a pas trouvé d'éditeur en Angleterre pour *Lady Chatterley's Lover* et l'a publié à titre privé à Florence en 1928.

L'AMANT DE LADY CHATTERLEY

ROMAN

- **Genre :** Roman
- **Édition de référence :** Lawrence, D. H. (1994) *L'Amant de Lady Chatterley.* Londres : Penguin Books.
- **1ère édition :** 1928
- **Thèmes :** l'amour, la tendresse, les relations homme-femme, les distinctions de classe, l'environnement, la mécanisation.

L'Amant de Lady Chatterley est à la fois une histoire d'amour et un document social qui nous en dit long sur la vie des mineurs et de leurs maîtres dans les Midlands industriels de l'Angleterre des années 1920. Il donne un aperçu des effets de la mécanisation croissante sur l'environnement et sur les gens. Les mineurs, en particulier, ont une vie difficile, effectuant un travail à la fois dangereux et préjudiciable à leur santé. Sir Clifford Chatterley, propriétaire de Wragby Hall et des mines de charbon de Tevershall, a été gravement blessé pendant la Première Guerre mondiale et est confiné dans un fauteuil roulant. Le livre suit la vie que lui et sa femme Connie, Lady Chatterley, essaient de mener ensemble, et nous les voyons s'éloigner progressivement, Clifford devenant de plus en plus exigeant vis-à-vis du temps et de l'énergie de Connie. L'histoire d'amour de Connie avec Oliver Mellors, le garde-chasse de son mari, est le catalyseur qui lui donne la possibilité d'avancer dans sa propre vie.

RÉSUMÉ

En 1917, Connie Reid épousa Clifford Chatterley, fils d'un baronnet. Clifford est officier dans l'armée et, après une lune de miel d'un mois, il retourne sur le front de la Première Guerre mondiale dans les Flandres. Il est ramené en Angleterre gravement blessé et paralysé à partir des hanches, obligé de passer sa vie dans un fauteuil roulant. Lorsque son père meurt, Clifford hérite de son titre et du domaine familial, Wragby Hall, dans les Midlands industriels. Connie est désormais Lady Chatterley.

Avec l'aide de Connie, Clifford se lance dans une carrière d'écrivain et invite à la maison des personnes dont il pense qu'elles favoriseront son écriture. L'une de ces personnes est Michaelis, un dramaturge irlandais qui a connu un grand succès, mais qui n'est pas considéré comme socialement acceptable par le snob Clifford. Michaelis et Connie entament une liaison qui n'est finalement pas satisfaisante.

Clifford exprime son désir d'avoir un fils pour perpétuer les traditions de Wragby. Comme il ne peut pas avoir d'enfant lui-même, il suggère à Connie d'avoir un enfant d'un autre homme et qu'ils l'élèvent à Wragby Hall comme si c'était le sien. Connie en est surprise, mais elle sait que si elle veut avoir un enfant, le père doit être quelqu'un de son choix. Connie est de plus en plus déprimée par ce qu'elle considère comme une vie vide de sens avec Clifford. Il est devenu un écrivain à succès, mais son succès est tout ce qui semble l'intéresser.

UNE RENCONTRE IMPORTANTE

Clifford avait auparavant présenté Connie à son nouveau garde-chasse, Oliver Mellors. Chargée par Clifford de lui transmettre un message, Connie voit le garde-chasse se laver dans le jardin de son cottage, nu jusqu'aux reins. Touchée par cette vision, elle se cache dans les bois pour lui laisser le temps de finir de se laver et de s'habiller avant de retourner au cottage. Lorsqu'elle frappe à la porte, il l'invite à entrer. La rencontre est tendre : il est touché par sa beauté et sa timidité, elle par sa chaleur et sa gentillesse.

Connie, déprimée et épuisée par les exigences de Clifford, tombe malade. Sa sœur Hilda insiste pour que Clifford ait une infirmière à plein temps et Mme Bolton, l'infirmière de la paroisse de Tevershall, vient vivre à la maison. Au début, Clifford s'y oppose, mais il devient rapidement dépendant de Mme Bolton, qui lui parle du village et de ses mines, qu'il a négligé. Cela lui donne un nouveau souffle et il visite les mines et commence à planifier la façon dont il peut les moderniser.

Connie, soulagée de ne plus avoir à s'occuper de Clifford, passe du temps seule dans les bois et voit un jour une cabane dans une clairière où le garde-chasse élève ses poussins de faisans. Le gardien est là, préparant des cages pour les nouveaux poussins. Encore faible, elle demande à s'asseoir. Voyant que Connie a froid, il allume un feu pour elle dans la cabane. Elle trouve que s'asseoir dans la cabane est si reposant qu'elle demande à Mellors une clé, afin de pouvoir aller s'y asseoir de temps en temps et profiter de la paix et du calme.

UNE CLÉ POUR LA CABANE

Bien qu'il soit réticent au début car il tient à sa vie privée, Mellors fait faire une clé pour Connie et elle commence à se rendre régulièrement à la cabane. Si Mellors est là, elle le regarde travailler, touchée par la tendresse avec laquelle il s'occupe des poussins. Elle est très consciente de son désir croissant d'avoir un bébé à elle. Mellors la réconforte et ils font l'amour dans la cabane pour la première fois. C'est le début d'une liaison tendre et passionnée, qui se poursuivra d'abord à la cabane, puis à son chalet dans les bois.

DES VACANCES À VENISE

Connie part en vacances à Venise avec son père peintre et sa sœur Hilda. Pendant son absence, la femme de Mellor, Bertha Coutts, qu'il n'a pas vue depuis dix ans, se présente à son cottage. Bertha Coutts a vécu avec une succession d'autres hommes, mais Mellors a demandé le divorce et elle est venue au cottage, insistant sur le fait que c'est son foyer. Mellors quitte le cottage et va s'installer chez sa mère. Bertha trouve un flacon de parfum (celui de Connie) dans un tiroir et commence à lui causer des ennuis. Elle trouve un livre de Connie dans la cabane et fait des commérages dans le village sur Lady Chatterley et son mari. Bien qu'il ne croie pas que Connie ait eu une relation avec le garde-chasse, les ragots du village mettant Clifford en colère et il donne à Mellors un préavis de départ.

Entre-temps, Connie réalise qu'elle est enceinte. À son retour en Angleterre, elle rencontre Mellors à Londres et ils discutent de l'avenir. Elle dit à Mellors qu'elle ne veut pas retourner à Wragby – elle veut vivre avec lui. Lorsque Connie informe Clifford de la situation, il est furieux et refuse de divorcer. Mellors, cependant, veut aller de l'avant avec son propre divorce, ce qui signifie, en raison des lois strictes sur le divorce de l'époque, que le couple doit vivre séparément pendant six mois. Mellors trouve du travail dans une ferme en prévision de la petite ferme que Conne et lui espèrent avoir un jour et Connie part en Écosse chez sa sœur Hilda.

ÉTUDE DE CARACTÈRE

CONSTANCE, LADY CHATTERLEY

Constance (Connie) Reid est la fille de Sir Malcom Reid, un académicien royal. Sa mère était une Fabienne cultivée (une intellectuelle socialiste). Elle a reçu une éducation non conventionnelle, ayant été emmenée dès son plus jeune âge à Paris, Florence et Rome pour l'art et aux conventions socialistes de La Haye et Berlin. À l'âge de 15 ans, elle est envoyée avec sa sœur aînée Hilda à Dresde pour étudier la musique. Les deux jeunes filles vivent librement parmi les étudiants, se mêlant aux hommes sur un pied d'égalité et discutant avec eux de philosophie, de sociologie et d'art. Elles prennent toutes deux des amants, choisissant ceux avec lesquels elles ont eu les meilleures discussions. Lorsque la Première Guerre mondiale éclate en 1914, elles sont obligées de rentrer en Angleterre.

De retour à Londres, Connie effectue un travail de guerre non spécifié et se mêle aux jeunes de Cambridge. Elle rencontre Clifford Chatterley, qui a passé deux ans à Cambridge avant de partir à Bonn pour étudier les aspects techniques de l'extraction du charbon. Lui aussi a été obligé de rentrer en Angleterre lorsque la guerre a éclaté et il est maintenant officier dans l'armée. Connie est attirée par Clifford d'une « manière mentale » (p. 97) et le couple se marie en 1917. Cependant, lorsque Clifford est gravement blessé à son retour au front après leur lune de miel, Connie est confrontée à une vie à laquelle

elle ne s'attendait pas. Elle devient l'infirmière à plein temps de son mari ainsi que sa secrétaire, l'aidant de toutes les manières possibles. Elle s'efforce d'accepter la tristesse de la maison dans laquelle ils vivent et la laideur de leur environnement industriel. Au fil du temps, la dépendance émotionnelle et physique de Clifford à son égard commence à se faire sentir et elle tombe malade. Le médecin londonien chez qui sa sœur Hilda l'emmène voit qu'elle a épuisé sa vitalité et n'a plus de réserves. Son ancien amant Michaelis veut l'emmener au soleil, mais elle ne peut supporter l'idée d'abandonner Clifford (p. 79).

À son retour à Wragby, une infirmière (Mme Bolton) est engagée et Connie commence à prendre des forces, passant du temps dans les bois, qui deviennent un lieu de refuge pour elle. C'est là qu'elle entame sa liaison avec Oliver Mellors, le garde-chasse de son mari. Cette liaison s'avère être le catalyseur qui permet à Connie de changer sa vie.

CLIFFORD CHATTERLEY

Clifford Chatterley est le fils de Sir Malcom Chatterley, un baronnet possédant un domaine dans les Midlands industriels. Avant la Première Guerre mondiale, Clifford étudiait les aspects techniques de l'extraction du charbon à Bonn, mais lorsque la guerre éclate, il est obligé de rentrer en Angleterre et devient officier premier-lieutenant dans un régiment intelligent. En tant qu'héritier du domaine de Wragby Hall, il est censé se marier et avoir un fils. Il est attiré par Connie et, à mesure que la guerre avance, il ressent le besoin d'être soutenu et réconforté par une épouse. En 1917, le couple se marie et passe un mois de lune de miel avant que Clifford ne retourne au front dans les Flandres. Six mois plus tard, il est ramené en Angleterre, gravement blessé et paralysé à partir des hanches, obligé de passer sa vie dans un fauteuil roulant.

Clifford appartient davantage à la classe supérieure que Connie : « Connie était l'intelligentsia aisée, mais lui était l'aristocratie » (p. 10). Clifford n'est vraiment à l'aise qu'avec les personnes de sa propre classe et a un peu peur de ceux qu'il considère comme inférieurs à lui : « Il était hautain et méprisant envers tous celui qui n'appartenaient pas à sa propre classe » (p. 15). Jusqu'à ce que Mme Bolton entre en scène, il ne s'intéresse pas à ses deux mines de charbon. Lorsqu'il s'y intéresse, il aime le sentiment de puissance qu'il éprouve en descendant dans la mine : « Le pouvoir ! Il ressentait un nouveau sentiment de pouvoir qui le traversait : le pouvoir sur tous ces hommes, sur les centaines et les centaines de mineurs » (p. 108).

OLIVER MELLORS

Oliver Mellors est le nouveau garde-chasse de Clifford. Fils d'un mineur de charbon, il a grandi dans le village de Tevershall. C'est un garçon intelligent qui va à l'école secondaire locale. Il est devenu forgeron et a épousé une fille du coin, Bertha Coutts. Le mariage est une erreur et Mellors s'engage dans l'armée et part comme soldat en Inde, où ses capacités sont reconnues par son colonel ; il est promu dans les rangs et devient officier. À la mort de son colonel, Mellors rentre en Angleterre et devient garde-chasse sur le domaine de Sir Clifford, vivant dans un cottage dans les bois. Ayant été blessé dans le passé, il apprécie sa vie d'intimité et de solitude. Mellors est un lecteur passionné. Il a une grande variété de livres dans sa chambre, des livres qu'une personne instruite lirait :

> « *Il y avait des livres sur la Russie bolcheviste, des voyages, un volume sur l'atome et l'électron, un autre sur la composition du noyau terrestre, et les causes des tremblements de terre : puis quelques romans : trois livres sur l'Inde.* » (p. 212)

Mellors a les manières d'un gentleman et peut parler un anglais cultivé, contrairement aux villageois de Tevershall, qui parlent généralement en dialecte. Mellors est capable de passer du dialecte au dialecte à volonté. Au début, Connie pense qu'il se moque d'elle, mais lorsque leur relation devient intime, elle le taquine en essayant de parler elle-même en dialecte (p. 177).

MME IVY BOLTON

Mme Bolton est l'infirmière de la paroisse de Tevershall. Belle femme d'une quarantaine d'années, elle vient vivre à Wragby Hall en tant qu'infirmière à plein temps de Clifford lorsque Connie tombe malade. Son mari Ted a été tué dans un accident dans la mine de Tevershall 23 ans auparavant. Elle vient de Tevershall mais s'est améliorée en suivant une formation d'infirmière. Elle a l'habitude de soigner les colliers et de voir ces hommes forts devenir des bébés quand ils sont malades. Elle est d'abord intimidée par l'idée de soigner un baronnet et Clifford profite de sa nervosité, devenant « plutôt seigneurial » (p. 82) avec elle. Cependant, il devient rapidement dépendant d'elle et commence à préférer sa compagnie à celle de Connie, lui apprenant à jouer aux échecs et aux cartes pour qu'elle puisse le distraire s'il ne peut pas dormir la nuit. Elle lui parle des villageois et lui parle de ses mines de charbon négligées, auxquelles il commence à s'intéresser. Elle compatit à la situation de Connie et les deux femmes deviennent amies. C'est Mme Bolton qui devine le secret de Connie lorsqu'elle voit le garde-chasse regarder la maison une nuit. Elle apprécie et respecte Mellors, qui l'a aidée dans ses études lorsqu'elle faisait sa formation d'infirmière.

MICHAELIS

Michaelis est un dramaturge irlandais qui a connu un grand succès, notamment en Amérique, mais qui n'est pas considéré comme socialement acceptable par le snob Clifford et ses amis. Cependant, Clifford l'invite à Wragby Hall car il espère qu'il fera l'éloge et la promotion de son travail. Michaelis et Connie éprouvent de l'empathie l'un pour l'autre et entament une liaison. Un week-end, alors qu'il se rend à Wragby pour lire à Clifford une pièce qu'il écrit sur lui, Michaelis propose soudain à Connie de quitter Clifford et de l'épouser. Cependant, cette nuit-là, il lui parle brutalement alors qu'ils sont au lit ensemble et Connie, choquée, met fin à leur liaison.

ANALYSE

Lady Chatterley's Lover est une histoire d'amour entre une femme et un homme d'une classe sociale différente. Bien qu'il soit principalement connu pour son contenu sexuel explicite (il a fait l'objet d'un procès pour obscénité contre l'éditeur Penguin Books en 1960), il comporte en fait un certain nombre de thèmes importants. Lawrence fait un usage intensif des oppositions binaires (contrastes) pour aborder des questions qui résonnent encore aujourd'hui, telles que la destruction de l'environnement, les distinctions de classe, la pauvreté et la richesse, et les relations homme-femme. Le contexte est celui des Midlands industriels du charbon et du fer des années 1920, une période de dépression économique en Angleterre qui a particulièrement touché la classe ouvrière la plus pauvre. Beaucoup étaient au chômage et ceux qui avaient du travail avaient souvent des horaires réduits, gagnant à peine de quoi subvenir aux besoins de leurs familles, tandis que les propriétaires terriens étaient protégés par les profits réalisés à une époque plus prospère. Cela est démontré dans une scène du chapitre 11, lorsque Connie, en route pour Uthwaite, une ville voisine, rend visite à Lesley Winter, le parrain de Clifford, un riche propriétaire de mine qui, à sa mort, « se souvient généreusement de Clifford dans son testament » (p. 158) :

« Il (Lesley) avait presque accueilli les colliers dans son parc. Si les mines ne l'avaient pas rendu riche ! Alors, quand il voyait les bandes d'hommes malingres se

prélasser au bord de ses eaux ornementales – pas sur la partie privée du parc, non, c'est là qu'il mettait la limite – il disait : « les mineurs ne sont pas aussi ornementaux que les cerfs mais ils sont bien plus rentables » (p. 157).

Le contraste entre la vie des mineurs et celle des propriétaires terriens, ainsi que la destruction de l'environnement par la mécanisation, sont des thèmes sur lesquels Lawrence revient à plusieurs reprises au fil du Roman, en utilisant les images vivantes et le langage descriptif qui font partie des caractéristiques de son écriture.

LE CADRE

Wragby Hall est une maison ^{du} XVIIIe ^{siècle} située dans un parc de chênes centenaires, mais la cheminée fumante de la mine de charbon de Tevershall (appartenant à Sir Clifford) est visible depuis la maison, et le village de Tevershall s'étend jusqu'aux portes du parc. Tevershall (où vivent les mineurs) « se traîne dans une laideur sans espoir sur un long et horrible kilomètre : des rangées de misérables petites maisons de briques délabrées… et une morosité aveugle et délibérée » (p. 13).

La mine elle-même est une présence hideuse, un monstre qui dégage des odeurs sulfureuses, qui cliquette et qui émet des « petits sifflements rauques » (*ibid.*) ; elle projette sur les roses des scories noires provenant du banc de mine en feu. Parfois, elle prend la vie de ceux qui y travaillent, comme Ted, le mari d'Ivy Bolton, qui a été tué dans un accident de mine. Connie, qui est habituée à Kensington, à Sussex Downs et aux collines écossaises, trouve cela « incroyable » (*ibid.*).

LES TRAVAILLEURS ET L'ENVIRONNEMENT

Dans la scène (mentionnée ci-dessus), où Connie se rend à Uthwaite, non loin de là, Lawrence brosse un tableau saisissant de ce que la mécanisation a fait à l'environnement et aux gens :

> *« Lorsque Connie vit les grands camions remplis d'ouvriers sidérurgiques de Sheffield, des êtres étranges, déformés et petits comme des hommes, partir pour une excursion à Matlock, ses entrailles s'évanouirent et elle pensa : Ah, mon Dieu, qu'est-ce que l'homme a fait à l'homme ? Qu'est-ce que les dirigeants des hommes ont fait à leurs semblables ? Ils les ont réduits à l'état d'êtres humains et maintenant il ne peut plus y avoir de fraternité. Ce n'est qu'un cauchemar »* (p. 153).

Au fur et à mesure que le voyage se poursuit, Connie voit la campagne vallonnée céder la place à un paysage industriel où « le fer s'entrechoquait avec un énorme cliquetis réverbérant, et d'énormes camions secouaient la terre, et des sifflets hurlaient » (p. 155) ; Connie passe devant la mine de Stacks Gate, plus récente et encore plus monstrueuse que Tevershall. Elle note que les manoirs géorgiens sont en train d'être démolis, n'étant plus nécessaires car « la gentry partait vers des endroits plus agréables, où elle pouvait dépenser son argent sans voir comment il était fabriqué » (p. 156).

Alors que Connie se désespère de l'état de l'environnement et de la condition des travailleurs, Clifford se réjouit du sentiment de puissance que lui procure le regain d'intérêt pour ses mines :

> *« Il est descendu dans la fosse jour après jour, il a étudié, il a fait passer le directeur général, et le directeur aérien, et le directeur souterrain, et les ingénieurs par un moulin dont ils n'avaient jamais rêvé. « Le pouvoir ! Il sentait un nouveau sentiment de pouvoir le traverser : le pouvoir sur tous ces hommes, sur les centaines et les centaines de colliers »* (p. 108).

Clifford a déjà montré son attitude envers ses employés à plusieurs reprises. Par exemple, lorsque Mme Bolton est venue travailler pour lui pour la première fois, « elle a été malmenée, mais cela ne l'a pas dérangée » (p. 82). Dans une scène désagréable, il malmène Mellors, qui essaie de l'aider avec son fauteuil motorisé (pp. 187-193). « Mon cher évangéliste », dit Clifford avec sarcasme à Connie lorsqu'elle le réprimande plus tard pour son traitement de Mellors. Elle lui répond : « votre méchante et stérile absence de sympathie commune est du plus mauvais goût qui soit… vous et votre classe dirigeante ! » (p. 193).

AMOUR

Nous savons dès le premier chapitre (p. 9) que Connie a eu au moins un amant lorsqu'elle étudiait en Allemagne avant la guerre, tandis que Clifford était vierge lorsqu'ils se sont mariés. Même pendant leur lune de miel, « la partie sexuelle ne signifiait pas grand-chose pour lui » (p. 12). Le père de Connie, Sir Malcom, un homme sensuel, est soucieux que Connie ne devienne pas une « demi-vierge » (une demi-vierge) (pp. 17-18), estimant que cela ne lui conviendrait pas, et le dit à Clifford. Lors d'une seconde visite, Sir Malcom conseille à Connie, très agitée, de « trouver un beau» (pp. 17-20).

Clifford, qui s'est lancé (avec l'aide de Connie) dans une carrière d'écrivain, invite le dramaturge irlandais à succès Michaelis à Wragby Hall. En fait, il ne l'aime pas ou ne l'approuve pas ; il l'a seulement invité dans l'espoir qu'il « puisse lui faire du bien» en Amérique (p. 21). Connie et Michaelis, ressentant une certaine empathie l'un pour l'autre, entament une liaison qui se termine mal lorsqu'il lui parle brutalement au lit un soir : « Tout son sentiment sexuel pour lui ou pour tout autre homme s'est effondré cette nuit-là» (p. 54).

CONNIE ET MELLORS

Au fond, *L'Amant de Lady Chatterley* est une histoire d'amour. Les amants franchissent les frontières des classes sociales lorsqu'ils font des pas hésitants l'un vers l'autre. Tous deux se sentent seuls, mais Mellors a peur de perdre la solitude qui l'a protégé de la douleur. Il a aussi peur pour Connie. Après avoir fait l'amour pour la première fois dans la cabane, il.. :

> «*Il pensait avec une infinie tendresse à la femme, pauvre chose abandonnée... il la protégerait de son cœur..... Pendant un petit moment, avant que le monde de fers insensibles et le Mammon de la cupidité mécanisée ne les fassent tous deux disparaître, elle comme lui.*» (p. 119)

Le mot « tendresse» – qui était le titre de travail de Lawrence pour une version antérieure du livre – est fréquemment utilisé pour décrire les sentiments de Mellor envers Connie et les siens envers lui: «Il est adorable... il comprend vraiment la tendresse», dit-elle à sa sœur Hilda lorsqu'elle lui annonce qu'elle est enceinte (p. 238).

À mesure que la liaison se développe et devient de plus en plus passionnée, Mellors commence à utiliser le langage explicite qui a valu au roman d'être considéré comme obscène. Parlant en dialecte, il utilise des mots familiers de quatre lettres pour désigner l'acte sexuel et les organes génitaux féminins. Grâce à son don pour l'imagerie, Lawrence écrit des scènes vivantes qui montrent le couple appréciant leurs relations: Connie sort nue du cottage et danse dans les bois sous la pluie (p. 221) ; ils s'enroulent des fleurs dans leurs poils pubiens respectifs (p. 227-228).

Cependant, la vague de féminisme qui a débuté dans les années 1960 a donné lieu à de nouvelles critiques du roman. La critique Kate Millet, dans son ouvrage de référence *Sexual Politics* (1969), s'insurge contre certains termes utilisés dans l'évolution de la relation du couple. Par exemple, dans une scène, Connie parle du pénis de Mellors: «'Si fier !' murmura-t-elle, mal à l'aise. Et si seigneurial. Maintenant je sais pourquoi les hommes sont si autoritaires. Mais il est charmant, vraiment». (p. 210). Millet considère que l'accent mis sur le pénis illustre une domination masculine typiquement patriarcale (Millet, Eagleton: 136). Cependant, en lisant le paragraphe juste avant celui que cite Millett (p. 209 dans l'édition Penguin), nous voyons que c'est Connie qui insiste pour que Mellors laisse tomber la chemise qu'il tient, honteux, sur sa « nudité excitée.…». Non ! dit-elle, tenant toujours ses beaux bras minces devant ses seins tombants. Laisse-moi te voir !» Mellors, encouragé vraisemblablement par l'émerveillement de Connie devant ce qu'elle voit, et son enthousiasme, dépasse son sentiment de honte et, dans ce qui pourrait être considéré comme une scène comique, nomme leurs parties intimes : Celle de Connie est Lady Jane, tandis que la sienne est John Thomas (p. 210).

D'un point de vue pratique, c'est Connie qui est responsable de la relation une fois qu'elle a commencé : Mellors ne peut pas aller la voir à la maison, c'est donc Connie qui vient à lui. Après le retour de Connie de ses trois semaines de vacances à Venise, elle choisit d'aller le voir dans son logement à Londres. En discutant de leur avenir, c'est Connie qui déclare qu'elle veut vivre avec lui, et non retourner à Wragby : « que veux-tu toi-même ?» demande Mellors. « Je veux vivre avec toi» (p. 276).

En raison des lois strictes de l'époque en matière de divorce, le couple doit vivre séparément pendant six mois, afin que Mellors puisse obtenir son divorce. Dans la scène finale, Connie part vivre chez sa sœur Hilda en Écosse. Connie est une femme qui a un revenu indépendant et la confiance que lui confère sa classe sociale. Va-t-elle finalement vivre avec Mellors ? Font-ils leur vie ensemble ? L'auteur a choisi de ne pas nous le dire. Le livre se termine sur une note d'humour qui renvoie à la scène d'amour susmentionnée. Mellors, qui écrit à Connie dans un anglais parfait, ajoute une dernière phrase : « John Thomas dit bonne nuit à Lady Jane, un peu bêtement, mais avec un cœur plein d'espoir -» (p. 302).

RÉFLEXION COMPLÉMENTAIRE

QUELQUES QUESTIONS À MÉDITER...

- Selon vous, pourquoi Oliver Mellors choisit-il de parler en dialecte alors qu'il peut parler et écrire dans un anglais parfait? Pensez-vous que cela améliore l'histoire ou que c'est une distraction?
- Que pensez-vous de l'utilisation d'un langage sexuel explicite dans le roman? Le trouvez-vous choquant?
- Pensez-vous que l'utilisation par Connie de termes tels que «seigneurial» pour décrire le pénis de Mellors suggère qu'elle lui est soumise?
- Avez-vous le sentiment que la relation est égale? Pourquoi/pourquoi pas?
- Que pensez-vous de la position de Mellors qui est à la fois l'amant de Connie et l'employé de son mari? A-t-il le choix de donner ou non à Connie la clé de la cabane?
- Qu'est-ce que le roman nous apprend sur les distinctions de classe des années 1920?
- À votre avis, que pense vraiment Mme Bolton des Chatterley, étant donné que son mari a été tué dans un accident dans l'une de leurs mines?
- Que peut nous apprendre le roman sur les progrès de la mécanisation et ses effets sur l'environnement?

AUTRES LECTURES

ÉDITION DE RÉFÉRENCE

- Lawrence, D. H. (1994) *Lady Chatterley's Lover*. Londres : Penguin Books.

ÉTUDES DE RÉFÉRENCE

- Millet, K. (1969) *Sexual Politics*. Dans : Eagleton, M. (1991) *Feminist Literary Criticism*. Londres : Longman.

SOURCES SUPPLÉMENTAIRES

- Maddox, B. (1998) *The Married Man : A Life of D. H. Lawrence*. Londres : Vintage.

ADAPTATIONS

- *L'amant de Lady Chatterley*. (2015) [téléfilm]. Jed Mercurio. Réalisateur. Royaume-Uni : British Broadcasting Corporation.

Votre avis nous intéresse !
Laissez un commentaire sur le site de votre librairie en ligne
et partagez vos coups de cœur sur les réseaux sociaux !

lePetitLittéraire.fr

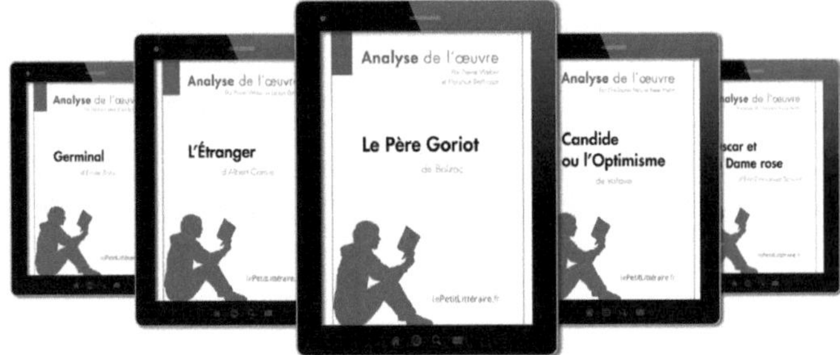

- des analyses de livres
- des fiches de lectures
- des commentaires littéraires
- des questionnaires de lecture
- des résumés

**Retrouvez
notre offre complète sur
lePetitLittéraire.fr**